Carola Bancken

In der Liebe erwacht

Die Sprache der Liebe

Carola Bancken:
In der Liebe erwacht - Die Sprache der Liebe

Die Deutsche Bibliothek - CIP-Einheitsaufnahme

Bancken, Carola:
In der Liebe erwacht : die Sprache der Liebe /
Carola Bancken. - Köln: Aktivraum-Verl. Zavelberg, 1999
ISBN 3-934753-00-0

Gestaltung und Satz: Rolf Zavelberg
Umschlagillustration unter Verwendung des Werkes „Sonne"
(Acryl auf Leinwand, 100 x 120 cm) von Rolf Zavelberg.

Herstellung: Libri Books on Demand

Aktivraum
Agentur & Verlag

Rolf Zavelberg
Volksgartenstr. 1
50677 Köln

Fon: (0221) 93481-18
Fax: (0221) 93481-17
www.aktivraum.de

Wenn du
dieses Büchlein lesen willst,
dann wirst du es lesen.

IN DER LIEBE ERWACHT

Die Nacht

Die Nacht. Im Frühjahr 1983 steuerte mein Leben in eine Situation, es war Sonntagabend. Das Telefon klingelte. Eine junge Frau war am Apparat. Ich kannte sie und ich freute mich sie zu hören. Sie bat mich zu kommen und in mir war ein Ja dafür. Ich fuhr kurz nach dem Telefonat zu ihr.

Sie war zu Hause in ihrem Zimmer und signalisierte mir sehr schnell bei meiner Ankunft, dass es ihr wirklich nicht gut gehe. Ihre Mutter schien auch ganz froh zu sein, dass ich gekommen war und sie bot mir, bevor sie selbst schlafen ging, ein Bett zur Übernachtung an.

Nun war ich mit dieser Frau allein in ihrem Zimmer. Wir saßen auf ihrem Bett und sprachen ein wenig, bis sie dann ihren Schmerz nicht mehr bremsen konnte: Mir tut alles weh. Ich kann nicht mehr. Ich will nicht mehr. Hilflosigkeit, es hat doch alles keinen Sinn, Weinen, Krampfen, Verzweiflung, Wut noch und noch.

Ich staunte, ich war betroffen, was sollte ich nur tun? Was geschah hier? So etwas kannte ich nicht und diese ungewohnte Leere auf einmal in mir. Ratlosigkeit, was sollte ich tun? Ihre Mutter holen? Wieder den Psychologen anrufen? Mich wunderte auch, warum bei diesem Geschrei noch kein anderes Familienmitglied ins Zimmer gerannt kam.

Die Situation war äußerst merkwürdig und ich tat weder das eine noch das andere. Ich realisierte: Carola, du sitzt jetzt in diesem Raum mit dieser Frau, die sich so in ihrem Schmerz bewegt. Du sitzt wie angewurzelt auf diesem Bett und weißt nicht, was du tun sollst.

Ich saß da, wie lange? Ich weiß es nicht. Und ohne etwas zu tun, begann ich nach einer Weile, doch etwas zu tun. Ich fühlte plötzlich eine Kraft in mir, die ich noch nicht kannte und ich sprach auf einmal Worte, die ich zuvor noch nie gesprochen hatte. Diese Kraft durchdrang meine Stimme, sie war klar und eindringlich. Sie erreichte diese Frau in ihrem Schmerz und sie fand damit eine kurze Entspannung.

Dann folgte wieder die Auflehnung ihres Schmerzes, und ich sprach wieder mit ihr und sie entspannte erneut. Das wiederholte sich, ich weiß nicht wie oft. Ich habe keine Zeitangabe und mir war damals das Erlebte sowieso unbegreiflich.

Als ich am Morgen auf dem Bett dieser Frau entspannt aufwachte, schaute ich aus dem Fenster und während ich so aus dem Fenster schaute und dann der lachenden Frau ins Gesicht sah, hörte ich folgende Worte in mir sprechen: Carola, nun ist dein Leben nicht mehr so, wie es war.

Ich staunte, fühlte diese Kraft und erinnerte mich blitzschnell an Momente der vergangenen Nacht. Wir zwei Frauen schauten uns an und lachten und ich fühlte tiefes Glück. Ich lachte und lachte und alles tanzte in mir. Ich fühlte mich so lebendig. Den ganzen Tag rieb ich mir die Augen, kniff sie zu und beobachtete was geschah, wenn ich die Augen wieder öffnete.

Was war das, was ich sah und doch nicht sah? Ich nahm etwas wahr und wusste nicht, was es war. Ich schaute mich ständig um. Ich sah die Menschen, die Hand, die Gegenstände, den Stuhl, die Straßen, die Häuser. Es war wie immer und doch sah, fühlte ich viel, viel mehr. Es war mir ein Rätsel. Ich sah wie die Blüte lachte und ich fühlte, wie ich auf einmal im Dialog mit einem Baum stand. Ich nahm diese Kraft, die in mir war, auch in meinem Gegenüber wahr. In den Menschen, Tieren und Pflanzen und auch in den scheinbar leblosen Dingen. Mein Auto bekam sofort den Namen Emilie und wurde zu einer sehr lebendigen Gefährtin.

Ich war von dieser Realität tief berührt und meine Freude war grenzenlos. Ich empfand ein Glück und ich lachte und lachte, ohne laut lachen zu müssen. Diese Kraft schien mir wie ein erwachter Vulkan.

Ich fühlte mich so bereit für das, was mein Leben leben wollte. Die Konsequenz dieser Bereitschaft konnte ich damals nicht erahnen. Was ich wirklich wusste war, dass das Leben, das ich bis gerade noch gelebt hatte, begrenzt gewesen war.

Ich lebte in einem Familienverbund, integriert in eine Dorfgemeinschaft, hatte dort meinen Platz und war verheiratet. Ich arbeitete als Unterrichtsschwester in einer Krankenpflegeschule und stellte mich den alltäglichen Herausforderungen. Alles schien zu passen, bis dann das Erleben dieser Nacht in mein Leben trat.

Dieses Ereignis wirkte sich sofort auf mein soziales Umfeld aus. Meine Ehe war wie weggeblasen. Ich hatte in mir keinen direkten Kontakt mehr zu meinem Ehemann. Meine Familie und die Dorfgemeinschaft waren in Distanz gerutscht und nach ca. drei Monaten hatte ich eine Kündigung von meinem Arbeitgeber in der Tasche.

Meine Freundinnen und Freunde, meine Arbeitskollegen, meine Geschwister, mein Ehemann und seine Familienmitglieder, meine Mutter, alle standen fragend vor mir und wollten wissen, was mit mir los sei. Ich konnte es ihnen nicht sagen. Ich wusste selbst nicht, was geschehen war.

Ich ging zu einem Freund, der Psychologe war, aber auch er stand ratlos vor mir. Ich war in eine Kraft gefallen, war in mir leicht und frei und klar und mir gewiss, dass alles stimmte, konnte jedoch nicht benennen, was es war.

Ich hatte bis zu jenem Zeitpunkt kein spirituelles, religiöses oder esoterisches Buch gelesen, ich kannte nicht einmal das Wort Meditation, und als ich von einem lieben Bekannten eingeladen wurde, eine Sendung über Bhagwan (der sich später Osho nannte) anzusehen, dachte ich an Backwaren, wie z.B. Backpulver, zuckte kurz die Schulter und sagte nein danke.

Was ich für mich tat - ich stellte meinen Lebensrhythmus um. Ich brauchte Distanz zu den Menschen, Raum für mich. Ich schlief am Tag und lebte in der Nacht. All die Verluste, die ich in so einer rasenden Geschwindigkeit erfuhr, machten mir zu schaffen. Ich war ohne Arbeit, die Freundschaften lösten sich auf, viele Verletzungen und Verwirrungen geschahen innerhalb der Familie, und ich erfuhr ganz viel Alleinsein. Die wenigen Menschen, mit denen ich Kontakt hatte, waren vor allem solche, die von unserer Gesellschaft sehr schnell ausgegrenzt werden.

Was trotz dieser rasanten Entwicklung immer in mir konstant blieb, war meine Kraft und die Klarheit, dass alles so stimmte, wie es war.

Mir hat es arg zugesetzt, als ich als Hure und Guru beschimpft wurde, und wenn mir liebe Menschen mitteilten, es wäre doch besser gewesen, wenn ich gestorben wäre. Damit hätten sie es leichter gehabt. Ich war sehr betroffen. Doch in meiner Kraft konnte ich erkennen, dass es genau so sein musste, dass alles geschehen wollte, wie es geschah.

Am Grab meines Vaters fand ich in meiner damaligen Situation einen Platz, an dem ich mich aufgehoben fühlte. Dort erlebte ich eine Resonanz mit meiner Realität.

Dort erinnerte ich mich auch an die Literatur der Sterbeforscherin Elisabeth Kübler-Ross in meiner ehemaligen Schulbibliothek, und einige Tage später schenkte mir ein Bekannter mit großer Begeisterung ihr Buch „Die Befreiung aus der Angst“.

Nach dem Lesen dieses Buches setzte ich alles in Bewegung, diese Frau kennen zu lernen. Und als ich ihr dann in Lugano, in der Schweiz gegenüberstand, zitterten mir die Knie und ich lachte und weinte vor Freude.

Sie lud mich in ihren einwöchigen Workshop ein und in all den Tagen dort fühlte ich so viel Liebe und Annahme für das Leid der Menschen. Ihre Arbeit hat mich tief bewegt und gerne wäre ich darauf folgend mit ihr auf ihre Farm nach Amerika gereist. Sie wählte jedoch einige andere Menschen aus dem Kurs für ihre Arbeit auf ihrer Farm aus, und ich fuhr mit einem geschenkten Rückfahrticket wieder in mein damaliges Nest. Dort erfuhr ich nach diesem Erleben noch bewusster mein Alleinsein.

Schritt für Schritt bewegte ich meine unerledigte Liste, ich erledigte liegen gebliebene Post, meine Papiere, ich sortierte meinen gesamten Kram. Ich besuchte Menschen und klärte, so gut es ging, meine mitmenschlichen Kontakte. Ich erlebte meine Scheidung und schrieb Hefte und Bücher voll mit den Beobachtungen meiner Wahrnehmung.

Ich schrieb und schrieb und schrieb. Ich wusste, in mir war soviel geschehen, und ich konnte immer noch nicht einordnen, was mit mir in jener Nacht passiert war. Und immer fühlte ich: Alles stimmt. Alles ist o.k., und in dieser Kraft erlebte ich mich geborgen, getragen, in tiefer Annahme mit all den Situationen, die mir jeder Tag schenkte.

Nach ungefähr eineinhalb Jahren bin ich dann aus meiner damaligen Heimat weggezogen. Ich hatte einen wunderbaren Mann kennen gelernt. Er hat mich mit meiner Kraft einfach angenommen und ich konnte ihm mitteilen, was in mir war, und das tat so gut. Er zeigte mir in der Literatur viele Textstellen von Jesus, Buddha, Osho,... So erfuhr ich durch diese Hinweise, dass ich in meiner neuen Realität, meiner Sprache nicht allein war.

Ich war mehr als glücklich. Ich freute mich sehr über die Begegnung mit diesem Mann und nach einigen Monaten tauchte dann meine Tochter auf einem Spaziergang in Bad Herrenalb in meiner Wahrnehmung auf. Ein Kind lachte mich an. Es spielte mit anderen Kindern und zeigte ihnen, das sind meine Eltern: Sind die nicht klasse! Ich schmunzelte und erzählte meinem Freund, der auch mein zweiter Ehepartner wurde, davon. Und ich fragte den Mond, ob es wirklich stimmte ein Kind auf die Welt zu bringen. Ich war überrascht über das klare Ja dazu, denn ich hätte wetten mögen: In diesem Leben kein Kind.

Noch in derselben Nacht berührten wir drei uns und neun Monate später wurde unsere Tochter geboren. Das Ereignis der Geburt und die Realität, nun auch eine Mutter zu sein, waren wieder eine elementare Eröffnung für mein Leben und in all der unsicheren Lebensweise eine nicht endende Herausforderung im Alltag.

Viele Stationen sind wir drei als kleine Familie gewandert und in dieser Gemeinschaft war es mir möglich, meine Familienstruktur zu erkennen. Das heißt, ich erlebte durch das Miteinander mit diesen beiden mir sehr vertrauten Menschen nochmals das Kraftvolle und die Wunden meiner leiblichen Familie.

Vor einigen Jahren ist unsere kleine Gemeinschaft dann am selbstgewählten Tauftag unserer Tochter in eine innere Loslösung gefallen. Das hat uns allen sehr wehgetan. Es war für jeden von uns eine große Herausforderung, auch in diesem tiefen Schmerz achtsam und in Würde die Distanz anzunehmen.

Meine Tochter sagte einmal auf einer Autofahrt zu mir, Mama, unsere kleine Familie nimmt uns keiner, sie ist in uns und dort wird sie immer durch unsere Liebe lebendig bleiben. Diese Worte haben mich tief berührt und wieder einmal habe ich für mich im Leben begriffen, dass, auch wenn ich etwas, was ich liebe, loslasse, es nicht verloren geht.

***

Ein Mensch, der in der Liebe lebt, der das Lieben erkannt hat, ist in sich in einer friedlichen Grundstimmung und erfährt diese Realität auch im Kontakt mit seinen Mitmenschen.

Er hat gelernt, dass das Jasagen und das Neinsagen Berechtigung hat, und dass jeder Mensch ein Raum, ein wunderbares Kraftfeld der Liebe ist.

Mich hat die Erfahrung der Nacht in dieses Kraftfeld, ins innere Heim, nach Hause geführt. Manchmal wünschte ich mir in der Schulung durch diese Kraft, ich könnte ihr - und sei es für Momente - wieder entkommen. Trotzdem wusste und weiß ich gerade durch diese Kraft immer: So wie sich mein Leben gerade inszeniert, ob in Freude oder im Leiden, alles ist o.k., alles stimmt, und alles dient mir.

Mit mir sein, bei mir sein, das tun, was in mir ist, mir folgen: Diese Worte und weitere Grundregeln haben sich seit der Berührung mit dieser

Kraft zu einer ganz natürlichen und selbstverständlichen Sprache in mir entwickelt. Ich habe nicht ahnen können, was das Sprechen und Leben dieser Sprache für mein Leben im direkten Kontakt mit meinen Mitmenschen bedeutet. Mit mir allein ging es sehr gut und mit einigen mir vertrauten Menschen war es auch ganz in Ordnung, diese Sprache zu leben.

Als die Liebe in ihrer Inszenierung mir jedoch die Herausforderung stellte, viele Menschen durch Vorträge und Seminare mit dieser Sprache zu berühren und zu begleiten, da - gestehe ich - habe ich bis heute eine sehr bewegte Laufbahn hinter mir. 1988 fing es an, dass Menschen mich um Unterstützung für ihr Leben aufsuchten.

Ich hatte gerade meine Erlaubnis zur Ausübung der Heilkunde erworben und dachte an eine Praxis, in der ich Bachblütentherapie und Fußreflexzonenmassage geben wollte. Ich war ein wenig stolz auf dieses Werden, und ich sehnte mich in all der Offenheit meines Lebens tatsächlich nach mehr Struktur und Sicherheit.

Mein Leben, die Liebe, hatte jedoch andere Pläne mit mir. Nachdem eine kleine Praxis aufgebaut und ich in Kontakt mit Patienten war, spürte ich mehr und mehr, wie wenig diese Arbeit meine eigentliche Kraft berührte. Die Menschen, die zu mir kamen, interessierten sich auch kaum für die Anwendungen, die sie bei mir einkaufen konnten. Sie wollten viel lieber einfach so mit mir sitzen, meine Hand fühlen, meine Stimme hören, ... - ich war irritiert. Ich dachte doch, ich müsste ihnen etwas anbieten, und für sie reichte mein Dasein. Damit hatte ich eine tiefe Auseinandersetzung. Wie war das möglich und wie sollte ich dann dafür auch Geld nehmen können?

Dann geschah etwas sehr Merkwürdiges. Ein Mittagsschlaf, so dachte ich, ich war so müde, müder ging es nicht. Ich wollte mich nur noch zum Schlafen hinlegen. Ich legte mich auf meine Matratze und noch im selbem Moment des Legens - ich fühle die Sekunde noch heute - sagte eine Stimme in mir: „Genug geschlafen, liebe Carola, jetzt beginnt deine Arbeit und ich werde dich einweisen, dich begleiten."

Ich war - erschrockener ging es nicht. Was war das für eine Kraft, die mein innerstes Kraftpotential so tief berührt hatte. Ich war hellwach. Jede Müdigkeit nur noch blasse Erinnerung. Ich ging zu den lieben Menschen im Haus und bat sie, sich mit mir hinzulegen. Irgendetwas in mir forderte mich dazu auf. Da sie mich in meinen Bewegungen kannten, folgten sie gern und was uns allen dann durch mich durchgegeben, geschenkt wurde, war eine tiefe Reise, eine Meditation, entspannend und wohltuend.

Daraufhin stellte sich mir diese Energiebewegung, die mich so tief berührt hatte, als die

Kraft des Erzengels Michael vor. Ich lachte und wusste, auch das stimmt jetzt für mein Leben. Drei Jahre hat diese Innigkeit, diese Hoheit, mich begleitet, mich geschult, mich aufgefordert zu tun.

Es war für mich wie eine dreijährige Ausbildung. Die Energie „Erzengel Michael", natürlich auch eine wunderbare Inszenierung der Liebe, hat mich ständig ermutigt, mein Kraftpotential auch einzusetzen. Ich bekam tagtäglich Übungen, und diese Übungen haben dazu gedient, mir mehr und mehr zu folgen. Es war eine sehr berührende Zeit in der Begleitung mit diesem Engel-Schlawiner. Er wusste immer genau, wie er meine nächste Blockierung und Begrenzung berühren konnte. Ich wehrte mich meistens nicht. Ich erkannte, wie sehr das Umsetzen all seiner Handlungsaufforderungen mir in der Annahme der Liebe diente. Ich fand dadurch soviel Vertrauen in die Liebe, dass ich dann von alleine ihren Impulsen in mir gefolgt bin.

So geschah es dann auch, dass ich eines Tages in einen Seminarraum mit ca. 30 Teilnehmern ging. Ich stand in weißer Kleidung im Türrahmen, einige der im Raum sitzenden Menschen kannte ich, und viele waren über das Hören anderer in diesen Raum gekommen. Ich wäre am liebsten weggelaufen. Ich wusste nicht, was nun geschehen wollte. Ich ging in die Mitte des Raumes, blieb dort ein wenig still, und dann bewegte sich die Liebe in mir für die im Raum anwesenden Menschen. Aus mir purzelten Anweisungen, Worte, Berührungen, Lachen, Tanzen, Weinen, Schönheiten, ... und ich folgte all diesen Bewegungen. So viel geschah und das berührte und bewegte mich und meine Mitmenschen. Wir staunten, und ich blieb für einige Tage erst einmal in diesem Staunen.

Nun wusste ich, wie die Liebe in mir meine Mitmenschen in ihrem Leben begleiten wollte. Von diesem Tag an organisierte ich alle sechs Wochen eine Tagesveranstaltung, und ich lernte in den darauf folgenden Jahren, mit dieser Realität zu sein.

Was unverändert in mir blieb, war immer das tiefe Ja, dass alles in meinem Leben so stimmte, wie es war. Erst viele, viele Jahre später erlöste sich mein Bedürfnis nach mehr Struktur und Sicherheit. Auch suchte ich immer wieder nach einer Zugehörigkeit im System unserer Gesellschaft, und wenn ich das jetzt schreibe, erinnert es mich an sentimentale Stunden der Einsamkeit. Das kraftvolle Alleinsein wurde mir durch die vielen Begegnungen mit den Menschen immer bewusster, und ich erlebte mich als eine Lernende in der Realität der Liebe.

In ihrer Kraft berührte ich die Menschen oft tief in ihrem Innersten. Ich tat, was in mir war, ich folgte meiner Wahrnehmung, ich lebte/übte unter all den Menschen IM MOMENT SEIN. Ich erntete dafür Anerkennung und erlebte auch

Ablehnung. Ich bekam Geld dafür und unsere kleine Familieneinheit war ernährt.

***

Die Wunde in uns Menschen - sie ist. Ich habe im vergangenen Jahrzehnt oft gestaunt über die Vielfalt des Leidens im Menschen. Häufig war ich in den Sitzungen und Veranstaltungen so berührt über all das, was mir die Menschen aus ihrer Kino-, Leinwandwelt mitteilten. Ich erfuhr, erkannte in der Liebe jedoch, dass es nicht darum ging, dieses Leiden wegzumachen. Ich wusste, fühlte, es ist, was es ist, und wenn ich dann nicht so bewegt reagierte, waren manche Menschen erst einmal enttäuscht.

Sie wollten Hilfe, sie wollten Unterstützung beim Wegmachen ihrer Kinoleinwand und ich tat, was ich immer tat. Ich übte die bedingungslose Annahme ihrer Lebenssituationen mit ihnen und forderte die Menschen oft zu Übungen - ich nannte sie gerne Hausaufgaben - aus dem Kraftpotential der Liebe auf. Diese verhinderten das Einsteigen in den Drama-Suppen-Schlumpf-Gemüse-Eintopf.

Ich blieb mit den Menschen somit am Rand ihres Leidens stehen und übte mit ihnen Ja-Sagen zu ihrem Ein-Topf. Und siehe da, immer geschah es/geschieht es, der Mensch erkannte/erkennt: Ich habe mein Leiden, ich fühle mich damit verhaftet, identifiziert, und trotzdem bin ich es nicht.

Und genau dieses Erkennen in dieser konkreten Situation erschafft beim Menschen eine Entspannung und diese Entspannung setzt das Leiden in Distanz.

Das ist wunderschön für mich, in der Begleitung mit einem Menschen mitzubekommen, wie er mehr und mehr bewusst in den Kontakt mit der Liebe in sich kommt und dann erwählt, genau diesen Aspekt für sein Leben weiter zu aktivieren. Da entsteht IM MOMENT SEIN.

Ich bin Menschen in tiefstem Leid, in ihrer Existenzangst, in ihrer Panik, in ihren Euphorien, in ihrem Horror, in ihrem Missbrauch, in ihrer verwirrenden Suche und, und, und .... begegnet. In meiner Wahrnehmung tauchten selbst an den mitfühlendsten Stellen der Begegnung oft die komischsten Sätze, Übungen und Übersetzungen auf, die ich kaum wagte zu kommunizieren.

Ich tat es doch, und immer wieder durfte ich erfahren, dass die Menschen durch diese Berührungen dann entspannten. In dieser Entspannung erkannten sie für sich, was zu tun bzw. zu lassen war.

Ich war oft berührt und fragte mich in meinem Inneren so manches Mal nach einer Begleitung, warum nur wollte, konnte ich diese Tätigkeit tun? Warum wollte ich immer wieder so nah am Leiden meiner Mitmenschen stehen, daran teilhaben, beteiligt sein. Ich fühlte, dass ich es wollte, und die Gewissheit, dass all die Erfahrungen für mein Leben wichtig waren, begleitete mich immer inniger.

Viele Jahre hörte das Telefon nicht mehr auf zu klingeln. Ich war leicht und glücklich, wenn ich in den Telefonkontakten das sagte, was in meiner Wahrnehmung lebte, und ich wurde wie eine Gelähmte, wie Blei, wenn ich mich nicht traute, das zu kommunizieren, was in mir war.

Manchmal wehrte ich mich, wollte einfach nicht immer an der Grenze stehen, das heißt nach den gesprochenen Worten auch die ersten tiefgreifenden Berührungen mitbekommen. Es hat mich wirklich viele Schweißperlen gekostet zu sagen, zu kommunizieren, was immer im Moment in mir war, und die Liebe hat mich gelehrt, das in Achtsamkeit zu tun.

***

Ich bin heute dankbar für alle Begegnungen und Herausforderungen mit den Menschen, die sich mir anvertraut haben. Ich bin dadurch in der Liebe gereift.

In der Nacht, im Frühjahr 1983, bin ich in der Liebe erwacht. Sie ist für mich das Bewusstsein, die Quelle, das Göttliche.

Die Liebe, sie schärft die Wahrnehmung in jedem von uns. Der Wahrnehmung vertrauen und ihr folgen, lässt uns unsere Begrenzungen, Programmierungen, Verhaltensweisen... erkennen.

Die Aktivierung meiner Wahrnehmung durch die Liebe geschah in jener Nacht plötzlich und so stark, dass ich seitdem in ihr über ein Erkennen verfüge, welches mit dem Verstand und den Emotionen nicht begreifbar ist. Für mein Leben war diese Eröffnung eine Revolution.

Viele Jahre habe ich nun in dieser Realität Erfahrungen sammeln können. Ich erkannte durch das Folgen der eigenen Wahrnehmung meine Begrenzungen und was es heißt, im Nichtwissen der Liebe im Alltag zu sein.

Manchmal sehnte ich mich nach meinem begrenzten Dualitätsspiel, nach dem Leben vor der Nacht.

Es ist schon verflixt, verdreht und verwirrend, das Leben. Menschen kommen zu mir, weil sie in die Freiheit der Liebe wollen und ich wollte hin und wieder einfach ins Alte zurück. Und das natürlich dann, wenn die Schulung der Liebe wieder an einer tiefen Begrenzung in mir rüttelte.

So wie vor zweieinhalb Jahren. Ich stieß in mir an eine Enge, an eine innere eisige Kälte.

Ich wollte weglaufen, nur noch weg. Ich wollte nichts mehr annehmen, schon gar nicht das Fühlen dieser Begrenzung. Mir reichte es, Schluss, Aus, Punkt.

Wie dem auch sei, ich habe es dann doch getan und Ja gesagt, diese Enge angenommen. Und schon kurz darauf wusste ich, warum ich sie nicht wahrhaben wollte: In der Annahme stiegen Bilder in mir auf, die mit fürchterlichen Schmerzen verknüpft waren.

Ich erfuhr die Intensität von kollektivem Schmerz auf eine Weise, wie ich sie nicht beschreiben kann. Mit mir allein bewusst im Schmerz sein, das ist o.k., damit Ja-Sagen, danken, tanken, o.k. Doch das, was mir an Menschheitsschmerz durch diese „inneren Bewegungen" begegnete, war so unmöglich und doof und erweckte das tiefste Hadern in meinem Leben. Kein Zweifler konnte mit diesem Hadern mithalten.

Kollektiver Schmerz, das Schreien und Wimmern so vieler Menschen in mir. Ich raste, ratterte, konnte mich in meinem Alltag kaum noch halten. Unmöglich, schimpfte ich. Ich schnufte eine Wut auf die Liebe, blöder, doofer, dümmer, gemeiner konnte sich das Leben nun wirklich nicht anfühlen.

Schmerz, ausgemerzt zu werden, wie bei lebendigem Leibe gebraten, abgenibbelt zu werden, doof, soooo doof. Und auf meine Frage an Gott, die Liebe, kannst du mir das bitte erklären, tauchte die Antwort auf: Carola, liebste Carola, es ist, wie es ist, weil es so ist.

Ich war schockiert und mein tiefster Schock wurde dadurch berührt. Es war eine Gratwanderung, bewusst mit diesem Schmerz zu sein. Ihn fühlen, ihn immer wieder annehmen und mich nicht mit ihm identifizieren. Mit ihm sein und meine Aufmerksamkeit ins IM MOMENT SEIN lenken.

Ich habe lange gebraucht, um das Erleben dieses Schmerzes für mich wirklich in die Annahme zu bekommen. Immer und immer wieder flackerte der Schmerz wie ein erneutes Feuer in mir auf, und ich wehrte und wehrte mich.

Und das wollte ich so! Ich wollte genau diese Begegnung mit diesem Schmerz. Ich begriff ganz langsam, wie sehr mir diese Inszenierung der Liebe wieder diente. Und wie sie mir gedient hat! Im Kontakt zu meinen Mitmenschen fühlte ich auf einmal, dass ich nun vom Mitleiden befreit war und damit frei in der Handhabe.

Handhabe! Dieses Wort berührt mich in diesem Moment, jetzt, wo ich es schreibe. Ich habe eine Hand und in dieser Hand meine ganze Habe. Meine Hand(lung) ist heute von der Wunde befreit. Meine Habe ist die Liebe, das IM MOMENT SEIN, fühlen und erkennen, was jetzt ist.

Wirklich beendet war die Herausforderung mit diesem Schmerz in dem Moment, als ich die Stille der Liebe wahrnahm. In ihr fühle ich „lächeln“ und „schauen: alles ist o.k.“.
Frieden!

***

Wenn ich die geschriebenen Worte bis hier nun lese, dann will ich meinem Leben einfach danken. Ich danke für alle Inszenierungen, für alle Erfahrungen, für jede Situation. Für jede Beziehung und jede Begegnung. Für jedes Leid und jede Freude, für jede Begrenzung und jede Öffnung.

Ein herzliches Dankeschön für alles.

DIE SPRACHE DER LIEBE

Die Liebe

Die Liebe, sie ist mein Leben. In ihrer Kraft berühre und begleite ich Menschen von Herzen gern.

Jeder Mensch will aus dem Getrenntsein wieder zurück in die Einheit, sich verbunden fühlen mit der Liebe. Das ist in uns Menschen die tiefste Sehnsucht und der tiefste Schmerz in all unseren Süchten. Wir Menschen süchten und süchten. Wir suchen und suchen. Die Welt ist voller Sucher. Wir suchen innen, wir suchen außen. Wir suchen und suchen.

Das Suchen selbst ist die Falle. Die Liebe ist. Sie ist immer gegenwärtig, in jedem Moment. Was wir Menschen tun können, um bewusst mit der Liebe zu sein, ist, dass wir unsere Energie in die Aufmerksamkeit, auf das IM MOMENT SEIN, lenken.

Das ist eine herausfordernde Lernaufgabe, sich in den Lebenssituationen immer wieder auf den Moment einzulassen. Die Momente leben im „Es ist, so wie es jetzt ist". Eigentlich ist diese Handlung einfach, doch für unser Ego ist sie die allergrößte Herausforderung. Das Ego will sich nicht ergeben, es will nicht vom Betrachter im Anblick der Liebe erkannt werden.

Das Ego-Leben ist begrenzt, es ist das, was es ist, es ist eine Inszenierung der Liebe.
Die Liebe ist alles, was ist.

- In der Liebe erleben wir uns geliebt.
- In ihr erleben wir, was es heißt, das Lieben leben.
- In ihr fühlen wir die Begleitung im Erkennen unserer urteilenden und wertenden Dualität.
- In ihr sind wir in der Distanz zu unserem Schmerz.

Im Kontakt mit ihr fühlen wir Menschen das IM MOMENT SEIN. Die Einsamkeit entpuppt sich in ihrer Anwesenheit als Täuschung, und das bewusste Allein erschafft eine Klarheit in der mitmenschlichen Kommunikation.

Die Liebe ist. In ihr ist die bedingungslose Annahme, das Annehmen der eigenen Welt möglich.

Die Liebe ist!

- Sie ist, und wir Menschen gedeihen in ihr in der Neutralität der Beobachtung, im nehmen des „Es ist, so wie es ist."

- Sie ist, und alles, was wir in ihrer Kraft erkennen, bleibt.
- Sie ist, und das Besondere und Einfache erlöst sich in ihr und das, was ist, ist dann das, was es ist.
- Sie ist, und in ihr entspannt unsere Vergangenheit und unsere Zukunft.
- Sie ist, und in ihr erlöst sich die Ungewissheit.
- Sie ist, und wir erleben in ihr die Stille.
- Sie ist, und in ihr lacht unsere Sonne, und alle Lebensverstecke entpuppen sich.

Die Liebe, sie ist, und in der Aufmerksamkeit auf das IM MOMENT SEIN sind wir bewusst mit ihr im Dialog. Ihre Telefon-, Fax-, e-Mail-Nummer lautet: Was ist jetzt? Wo bist du jetzt? Was tust du gerade jetzt?

Sie zeigt sich uns ständig. Sie inszeniert und bewegt in ihrer Intelligenz für uns eine Situation nach der anderen und wir haben die Möglichkeit, das Lieben zu lernen.

Die bedingungslose Annahme im Leben leben ist gleich lieben!!!!!

In der Liebe sind Frau und Mann, Männer und Frauen nüchtern, aufmerksam und bewusst füreinander da. Sie erkennen ihre Beziehung, sie erkennen: die jeweilige Berührung ist in mir.

In der Liebe hört das Rechthabenwollen auf. In ihr finden alle Bewegungen und Ausdrucksformen von Leben ihre Daseinsberechtigung. Sie ist und in ihr kommunizieren wir in der Wertfreiheit. In ihr haben wir den freien Blick, das Sehen, was ist.

Ihre Energie ist Wirkung.

Die Liebe ist eine Frequenz, ein Zustand, in dem wir fühlen, wie sehr wir Liebe sind.

Der Versuch, sie im Wort zu beschreiben und sie mit den Gedanken und Emotionen zu begreifen, ist im Ansatz möglich. In ihr sein, ihr folgen, in ihr leben, ist gleich IM MOMENT SEIN.

Im Moment sein

IM MOMENT SEIN ist in der Liebe sein. Diese Realität erleben wir, wenn wir unserer Wahrnehmung folgen. Jahrzehntelange Programmierungen, Gewohnheiten und Verhaltensweisen erkennen sich in der Annahme. Sie funktionieren nicht mehr.

Die Worte

- jetzt
- jetzt ist
- so wie es jetzt ist, ist es das, was es ist
- so wie es ist, so stimmt es, so will ich es
- alles dient mir
- so wie es jetzt ist, so ist es,
  so nehme ich es an
- die Berührung ist in mir, sie dient mir
- ich sage ja zu dem, so wie es ist
- ich sage ja, auch wenn es noch so weh tut
- ich danke für jede Lebensinszenierung,
  sie kommt aus der Liebe

und immer wieder

- ich sage ja zu dem, was ist
- es geschieht in der Liebe
- die Freude ist für mich
- der Schmerz ist für mich
- jede Freude, jedes Leid dient mir.

Diese Worte gehören zum Grundvokabular der Liebe.

Schrittchen für Schrittchen, Schritt für Schritt, erfährt ein Mensch im Folgen der eigenen Wahrnehmung und in der bedingungslosen Annahme, was es meint, IM MOMENT SEIN. Die meisten Menschen leben, denken und sprechen in der Vergangenheit und in ihrer Zukunft. Die Sprache der Liebe leben ist IM MOMENT SEIN.

Sie fordert auf, sich nicht ständig in seinen Gedanken beim anderen aufzuhalten. Sie lehrt, die Lebensenergie mit sich zu halten. Es ist so schön, mit sich in der Liebe zu sein. Ist der Mensch mit sich IM MOMENT SEIN und bleibt dort auch bewusst, so aktiviert er das IM MOMENT SEIN für sein Leben.

Im IM MOMENT SEIN erkennen wir das Lebensmodell der Vergangenheit und Zukunft und ihr Reizreaktionsspiel entspannt in der Annahme.

Im Energiefeld der Liebe ist es gegeben, auch all die vergangenen Leben in Ruhe zu lassen.

IM MOMENT SEIN als eine lebbare Realität für sich im Leben zu begreifen, das ist die Auferstehung.

Im Moment sein = Im Paradies sein = In der Liebe sein.

Und das ist letztendlich nichts Neues. Wir Menschen leben alle immer im Paradies. Wir haben das Paradies noch nicht ein einziges Mal verlassen. Es ist, wir leben im Paradies. Viele Menschen glauben das einfach nicht. Das heißt, sie bekommen es die meiste Zeit im Leben nicht mit. Sie suchen das Paradies überall, und die Realität aus dem Standpunkt der Liebe ist: „Wir leben im Paradies". Wir haben noch an keinem anderen Ort gelebt als im Paradies.

Wir Menschen sind identifiziert mit dem Getrenntsein. Wir verlieren uns alltäglich im Spiel unserer Kino-Leinwandwelt. Dieses ururalte Spiel des Ego ist im freien Blick des Erkennens wirklich ein Witz und doch soooo oft in der Anhaftung scheinbar unüberwindbar.

Für viele Menschen ist dieses Spiel in der Dualität, im Modell Vergangenheit/Zukunft völlig o.k. Sie fühlen sich dort wohl. Es ist ihr Spiel und dieses Spiel ist eine Inszenierung der Liebe.

Für viele andere Menschen ist dieses Spiel zu begrenzt. Ihnen erscheint es oft unerträglich, darin zu sein. Sie suchen nach Auswegen. Sie wollen dort einfach heraus. Und das geht, indem sie die bedingungslose Annahme für ihr Begrenzungsspiel in der Dualität praktizieren und ihrer Wahrnehmung folgen.

Ich bin oft sehr berührt, wenn Menschen mir im tiefsten Schmerz signalisieren, ich will da einfach nur heraus, koste es, was es wolle, ich halte es in dieser plus/minus Bewertungswelt nicht mehr aus. Mir reicht das Schauspiel. Nur wie, wie nur komme ich da heraus? Wie finde ich den Ausgang?

Zu begreifen, dass es keinen Ausgang gibt, ist ein wichtiges Erkennen. Wir Menschen kommen aus der Dualität nicht heraus. Das ist eine Illusion. Nehmen wir die Dualität, das Leben im Getrenntsein, immer wieder als das, was es ist, an, so entspannen wir langsam ins IM MOMENT SEIN.

Wenn wir IM MOMENT SEIN leben, sind wir im Allein und im Miteinander bewusst. Wir genießen die Klarheit des Erkennens und der Schmerz ist im Erleben auf den Moment, wo es weh tut, begrenzt. Das Täter- und Opferspiel funktioniert IM MOMENT SEIN nicht, und die Menschen leben in ihren Beziehungen die Sprache der Wahrnehmung. Sie genießen in der Liebe. Das ist kein Märchen. Das lebt IM MOMENT SEIN.

Moment mal!

- Will ich das wirklich?
- Vielleicht schaue ich mich doch erst einmal anderweitig um. Es könnte ja sein, dass meine Befreiung an einem ganz anderen Ort verborgen liegt, oder ich noch gar nicht genug von meiner Reise durch die vergangene Zukunft habe.

In mir lacht und klatscht es beim Schreiben dieser Worte. Ich bin glücklich, dass ich in der Energie der Liebe, in ihrer Zärtlichkeit, in ihrer Behutsamkeit und in ihrer Wachheit lebe. Es tut so gut und ich genieße das IM MOMENT SEIN.

Die Annahme

Die Annahme ist eine wunderbare Begleitung, um die Liebe in ihrem Spiel zu erkennen.

Vom Standpunkt der Liebe aus ist das Leben des einzelnen Menschen genau das, was es ist. Die Liebe, sie bewertet und vergleicht das Leben der Menschen nicht. Es ist immer das, was es ist.

Jede Situation, jedes Ereignis, jedes Hoch und jedes Tief, jede Beziehung, jedes Sterben und wieder neu Werden: Immer ist alles genau das, was es ist.

Im Praktizieren der Annahme lernen wir Menschen unser Energiepotential bei uns selbst zu halten und wir begreifen, wie kostbar jeder Mensch genau auf seine Art und Weise ist. Wir erleben im Kontakt mit unseren Mitmenschen Berührungen. Ob uns die Berührungen gefallen oder nicht, wenn sie sind, dann sind sie. Nehmen wir die Berührung in der Situation, so wie sie ist, an, dann entsteht eine Entspannung und in der Entspannung purzelt das Erkennen. Das Erkennen gibt die wertfreie Übersetzung für die Berührung in der konkreten Situation. Ist die Berührung erkannt, löst sie sich auf. Sie hat ihren Job erfüllt.

In der Annahme ist es wirklich möglich, das Leben, so wie es ist, bedingungslos anzunehmen. In ihr stoppt durch das Erkennen unsere Beschäftigung mit den Fragen.

Die Begrenzungen erkennen sich als Begrenzungen. Sagen wir Menschen ja zu unseren Begrenzungen, dann hören wir auf, mit ihnen zu kämpfen. Wir machen sie nicht mehr weg. Wir erlauben uns, mit ihnen zu sein. Wir nehmen sie an und erkennen, dass sie es oft sind, die uns ins IM MOMENT SEIN einweisen.

Die Annahme meint Annahme. Sie meint nicht Hinnahme. Das wird oft verwechselt.

Nehme die Inszenierung der Liebe an, so wie sie ist. Auch wenn du eine heftige Diagnose vom Arzt bekommen hast oder eine dicke Pleite in der Geldbörse erlebst ... Natürlich auch, wenn du unerwartet in eine wunderschöne Beziehung purzelst oder gerade sehr erfolgreich bist ...

Ob es dir ganz gut geht, oder ob sich die Lebensinszenierungen gerade scheinbar gegen dich wenden: Lege das, was geschieht, in die Annahme, dann kannst du erkennen, es dient.

Die Annahme bewegt das Pausen, das Weilen im Leben. Das Verweilen gibt uns Raum, damit wir nicht von einer unbewussten Story in die nächste purzeln.

Die Annahme meint bedingungslose Annahme, auch aller Situationen, die im Kollektiv geschehen, mit denen wir oft indirekten Kontakt haben. Die Annahme meint Annahme.

Die Annahme lehrt uns, dass unsere Mitmenschen ihr Leben so leben, wie sie es leben. Wir hören auf, uns gedanklich in das Leben der anderen einzumischen.

Jeder Mensch ist eine eigene Reise, und warum beispielsweise ein Mensch von heute auf morgen zum Täter wird und Unglaubliches anrichtet - in der Annahme bleibt die Tat wertfrei. Und das, was geschieht, ist genau das, was geschieht.

Wird eine Tat wertfrei betrachtet, bekommt sie den Raum zur Entspannung. So wird das zu Erkennende für alle Beteiligten in der konkreten Situation sichtbar.

Jede Tat, jede Situation ist voller Berührungen. In die Annahme gelegt, dienen diese dem Erkennen von Bewertungen, Gewohnheiten und Verhaltensstrukturen.

Werden die Berührungen, wird die Betroffenheit jedoch bekämpft, dann entstehen in diesem Opfer fühlen ganz, ganz schnell neue Täter.

Ob wir dieses Opfer-Täter-Spiel im Großen oder im Kleinen spielen, ist nicht entscheidend. Die Realität, dass wir Menschen es spielen, zeigt auf, dass wir uns in der Dualität aufhalten. Und das ist o.k., wirklich o.k. Es ist, was es ist: Das Begrenzungsspiel der Liebe.

In der bedingungslosen Annahme entspannt dieses Dualitätsspiel. Das ist oft unbeschreiblich. Das, was gerade noch so tief berührte, blockierte - entspannt. Die daran gebundene Energie wird frei und wir erleben IM MOMENT SEIN.

Von dort aus betrachtet sind unsere Beziehungen, unsere Kinder und Eltern so wie sie sind und leben o.k. Unsere Partnerschaften, auch unsere scheinbar gescheiterten Partnerschaften sind das, was sie sind. Unsere Erfolge und Misserfolge, ja alle Lebensinszenierungen, finden in der Annahme die Annahme.

Das Praktizieren der Annahme aktiviert unsere Aufmerksamkeit auf das IM MOMENT SEIN. Die Wahrnehmung unterstützt uns dabei. Immer wieder schmunzelt sie:

- Hey, bleib doch bei dir. Du weißt doch, dass jeder Vergleich hinkt.
- Süße, wo willst du denn jetzt schon wieder hin? Das Erfüllen von Erwartungen und Ansprüchen hat gestern doch noch weh getan.

- Nun lass doch das innere Gemeckere. Das tut dir doch nur weh.
- Du weißt doch, niemand ist schuld an deiner Lebenssituation. Sie ist, wie sie ist, weil es jetzt so ist, wie es ist.
- ...

Ständig versuchen wir Menschen in unserem Leben, gelebtes Leben zu verändern, zu vertuschen, zu leugnen, oder wir versuchen, wieder neu zu beginnen. Immer noch glauben wir, dass das, was uns passierte, so schnell nicht wieder passiert. Und wieder drehen wir uns dann ein wenig nach links und dann noch drei Schritte vorwärts und fünf mal im Kreis und dann .... siehe da, wir stehen genau da, wo wir doch gerade erst standen und nicht wieder hinwollten. Und das ist o.k.

Jeder Mensch will sein Leben genauso leben, wie er es derzeit lebt. Ob es ihm gefällt oder nicht, so wie es ist, ist es in der Liebe bestimmt.

Lebt ein Mensch sein Leben in der Annahme, dann erlebt er auch die Annahme mit seinen Mitmenschen. Das ist so schön.

In allen Lektionen zur Annahme erfahren wir dann auf einmal: Jetzt sind wir frei, wir erleben IM MOMENT SEIN.

Die Annahme - eine wunderbare Begleitung in unserem Leben.

Die Wunde

Die Wunde lässt uns die Identifikation mit der Dualität fühlen. Sie ist uns selbstverständlich geworden. In ihr fühlen wir uns begrenzt.

Die Wunde. Sie wirkt wie ein Leck. Sind wir Menschen in unserer Kraft, dann steuern wir über unsere Wunde ganz schnell einen Energieabfall an, z.B. durch irgendeinen Ärger. Oft reicht ein Telefonat und das Entspanntsein, das in Kraft sein, ist wie weggeblasen. Die Wunde hält unsere Anhaftung mit dem Getrenntsein aufrecht und im Gelöstsein von ihr erleben wir, in der Energie der Liebe zu sein.

Die Wunde ist nicht gegen uns. Sie ist, was sie ist. Oft werden wir durch die Inszenierungen der Liebe an sie herangeführt. Natürlich wehren wir uns in ihrer Nähe. Dort wollen wir nur noch weg. In ihrer Nähe bleiben, mit ihr sein, auch wenn es noch so blöd ist und weh tut, das ist eine Herausforderung.

Es verdient allen Applaus, wenn ein Mensch in einer Lebenssituation erkennt: dieser Verlust, dieser Schmerz, dieser Mangel, dieser Missbrauch, diese Angst, ... ist gerade jetzt in mir. Ich sitze jetzt gerade an meiner Wunde, und ich laufe jetzt nicht weg. Ich mache mich jetzt auch nicht weg. Es gibt jetzt nichts zu tun. Ich sage ja, ja zu diesem Erleben an meiner Wunde. Jetzt fühle ich mich wund, jetzt ist es so, wie es jetzt ist. Ich muss jetzt auch gar nichts verstehen und mir kluge Ratschläge und Rechtfertigungen geben ... Jetzt fühle ich mich wund und mal schauen wie lange. Der andere hat auch keine Schuld an meinem momentanen Erleben. Das, was jetzt ist, ist jetzt. Hier und jetzt ist es so, wie es jetzt ist. Ich bin der Wunde nahe und was ist jetzt noch? Oh ja, die Sonne scheint, ich habe Bock auf ein Glas Wasser, das Telefon klingelt ...

Mit der Wunde sein, sie annehmen und die Aufmerksamkeit auf das IM MOMENT SEIN richten, das nimmt ihr die Nahrung; sie vertrocknet allmählich, und das IM MOMENT SEIN gedeiht. Die Anhaftung an die Dualität löst sich, und der Mensch erlebt sich bewusst im Leben spielend.

Ist dieser Umgang mit der Wunde, mit dem Wundsein geübt und erkannt, so hört das Machen, das Verändern und Helfen müssen im Leben einfach auf.

Wie die Wunde im einzelnen Menschen angelegt ist, ist so individuell wie es Menschen gibt. 10, 100, 1000 und mehr Menschen in ein und derselben Situation - jeder Mensch nimmt aus dieser Situation genau das für sich, was gerade jetzt für ihn möglich ist zu nehmen.

Diese Realität ist für mich göttlich und ich habe in ihr das Wundern und Staunen gelernt. Auch erfahre ich in ihr, dass all die Selbstverständlichkeiten überhaupt nicht selbstverständlich sind, und warum das, was ist, jetzt ist und so ist, wie es ist, wer vermag das wirklich zu erahnen.

Das Erleben in unseren Familien, das sich Einleben, sich Einrichten in der Gesellschaft, das sich Bewegen in der Welt, all die Beziehungen und Nichtbeziehungen im mitmenschlichen Kontakt, all unsere Erfahrungen und Erlebnisse im Modell der vergangenen Zukunft sind oft unbewusst durch unsere Wunde bestimmt.

Wir wissen um unseren Lebenstanz in der Liebe, und trotzdem spielen wir mit der Wunde das Hinkepinkespiel. Das wollen wir tief in uns nicht wahrhaben und wir versuchen, die Wunde mit allen Möglichkeiten irgendwie wegzumachen. Doch was immer wir auch tun, wir können uns vor ihr nicht verstecken, und wir können nicht vor ihr weglaufen. Die Wunde, sie ist, und so, wie sie in jedem von uns ist, ist sie. Sie dient und sie fordert uns letztendlich ins IM MOMENT SEIN auf.

Ich übe mit meinen Mitmenschen das Annehmen der Wunde und genieße mit ihnen das Lachen und Glücklichsein.

Die Dualität

Für mich ist sie ein Spielfeld der Liebe und es geht mir hier und jetzt nicht darum, sie in ihren Teilaspekten (z.B. Arbeit, Geld, Beziehung, Sex, Religion ...) zu betrachten.

Ich bezeichne die Dualität auch mit:

- der Blick durch die Brille
- das Leben leben in der Priorität des Ego
- das Leben in der Be- und Entwertung
- das Leben im Getrenntsein
- denken und leben im Modell der vergangenen Zukunft.

Mein Leben vor der Nacht im Frühjahr 1983 war ein Leben in der Dualität. Ich war mir im Leben der Dualität gar nicht bewusst, dass ich in ihr spielte. Dort lebt Gott, die Liebe, die Wahrheit, außerhalb der Menschen. In ihr fühlen die Menschen sich in Übereinstimmung, das heißt, die Menschen fühlen sich o.k., wenn sie in Beziehungen sind und die Arbeitswelt wenigstens einigermaßen funktioniert. Sie stellen sich im

Miteinander auf das Geben und Nehmen ein und sie kommunizieren im Energiehaushalt der Anerkennung und der Ablehnung. Sie agieren mit Belohnungen und sie verteilen Strafen.

Das Leben in der Dualität hat eine ganz bestimmte Ordnung. Und diese Ordnung ist völlig o.k.. Sie ist weder gut noch schlecht. Sie ist genau das, was sie ist. Sie ist die Ordnung der Dualität. Das Leben in der Dualität ist das Leben in einer bestimmten Energiefrequenz. Punkt!

Dort ist so viel lebbar. Dort lebt die Polarität, das Sterben und Werden, dort lebt das Sich-miteinander-Verhalten, dort leben die Gewohnheiten, die Sicherheiten und die Kontrolle. Dort leben Mann und Frau ihre Partnerschaft in der Information des Überlebens. Dort denken die Menschen, sie haben die Wahl, und dort ist im Blick zur Welt immer was los.

In der Dualität sind die Medien ununterbrochen aktiv. Das Geld und die Arbeit haben in ihr eine enorme Priorität. Dort leben die Eifersucht und die Angst, und der Schmerz wohnt wie eine Ozonschicht um dieses System herum.

Im System der Dualität gibt es statt Freiheit die Freizeit und viele, viele Menschen fühlen sich sehr wohl und geborgen in ihrer Realität. Dort lebt das Leben im Schwerpunkt der Vergangenheit und Zukunft.

Das IM MOMENT SEIN, das Leben in der Liebe, erscheint von dort aus betrachtet wie ein Märchen.

Und nochmal! Die Dualität ist völlig o.k.. Sie ist, was sie ist, und sie bleibt, was sie ist, die Dualität.

Jeder Mensch trägt ein ganz eigenes Dualitätsspiel in sich. Er spielt sein Spiel solange, bis er alle Aspekte seines Spiels als das, was sie sind, erkannt hat. Ein Mensch, der sein Dualitätsspiel erkannt hat, sieht, was ist.

Das ist Champagner wert! In der Liebe die Dualität als eine supergroßartige Darstellung der Liebe zu erkennen.

Die Wahrnehmung

Sie knöpft die Knöpfe unserer Begrenzungen auf.

Sie leben stellt uns permanent in die Herausforderung der bedingungslosen Annahme. Die Wahrnehmung zeigt uns auf, wie und wo wir unsere Identifikation mit der Dualität leben.

Sie setzt ihre Impulse genau an den Punkten an, wo wir unsere Verknüpfungen, unsere Bewertungen, unsere Beziehungsengpässe, unsere Schmerzpunkte, letztendlich all unsere Blockierungen im Leben haben. Durch die Blockierungen fühlen wir uns von der Energie der Liebe getrennt.

Die Wahrnehmung führt den Menschen auf ihre Art an all seine Begrenzungen heran. In der Entspannung der Annahme erkennen sie sich und wir erleben uns in Energie. In Energie sein, mit Energie sein ist ein Zentriertsein. Herrlich!

Die Wahrnehmung dient der Liebe. Sie wird durch die Liebe bewegt.

Für Menschen, die die Impulse ihrer Wahrnehmung erkennen und sich trauen, diese Impulse auch umzusetzen, ist es hilfreich, wenn sie mit anderen Menschen, die diese Sprache sprechen, in Kontakt sind.

Die Anwendung, das Leben dieser Sprache, bringt das Leben im Denkmodell der Vergangenheit/Zukunft durcheinander. Verwirrung entsteht. Das Leben funktioniert nicht mehr so, wie wir es im Denken gewohnt waren.

Der Wahrnehmung folgen erfordert die Aufmerksamkeit auf das Anschauen des eigenen Lebens. Es erfordert das sich Einlassen auf das IM MOMENT SEIN.

Die Sprache der Wahrnehmung aktiviert sich durch das Umsetzen ihrer Impulse. Unterlassen wir das, so blockieren wir den Transport der Impulse. Sie werden dann zum Zufall und dieser ist die Erinnerung an die Realität der Liebe.

Den Impulsen der eigenen Wahrnehmung folgen ist oft ein Nichtwissen; die Gewissheit gedeiht im Umsetzten der Impulse.

In der Wahrnehmung kommunizieren wir Menschen in der Annahme.

In ihr hören und sprechen wir, was in jedem von uns gerade lebt.

In ihr lernen wir Menschen aus dem IM MOMENT SEIN heraus zu kommunizieren. Und das, was in jedem von uns gerade ist, steht nicht im Vergleich und der Bewertung zum anderen.

Die Wahrnehmung führt und begleitet uns von Begrenzung zu Begrenzung, und an jeder Begrenzung erleben wir die Einweisungen, die Hinweise:

- sag ja
- nimm jetzt an, was jetzt ist
- so wie es jetzt ist, so stimmt es, so willst du es
- so wie es ist, so dient es
- nimm die Situation an und erkenne, dass sie allen Beteiligten dient
- danke dafür, dass du das, was du jetzt erlebst, erlebst
- du weißt ja, du bekommst diese Inszenierung aus der Liebe. Sie ist ein Geschenk für dich.
- ...

Die Wahrnehmung = die Sprache der Liebe. Sie lässt uns das Spiel „Denken“ erkennen und sie zeigt uns in all unserem Beziehungsgewurschtel IM MOMENT SEIN.

Die Wahrnehmung, sie ist nicht die Sprache der Emotionen. Ihre Impulse sind klar. Knutscht sie an einer Begrenzung, so fühlen wir Menschen oft ein Peng oder ein Patsch, gleich da hat mich wieder was. Dort kuschelt sie solange, bis die Begrenzung in der Annahme entspannt und sich erkannt hat.

Die Wahrnehmung ist wie eine Hand der Liebe. Sie führt uns durch den Dschungel der Bilder und Vorstellungen. Sie hört niemals auf, uns an die Hand zu nehmen, und sie hält uns auch energetisch aufrecht, gerade dann, wenn das Monster der Existenzangst wieder auf der Lebensbühne steht.

Sie fordert uns auf, schau hin, schau dir dieses Monster an. Schau es dir ganz genau an. Verschließe deine Augen nicht.

Schau hin und erkenne, dass das Ego mit all seiner DenkAngstEmotionalität versucht, die Liebe, das IM MOMENT SEIN, im Leben zu verschleiern.

Schau hin und in der Annahme und im Erkennen erlöst sich die Verkopplung der Existenzangst in Existenz und Angst.

Die Wahrnehmung lehrt uns Menschen im Miteinander die Freiheit

- in mir ist
- in mir ist jetzt
- für mich ist es jetzt so

zu sprechen. In dieser Kommunikation üben wir Menschen das bewusste Ja und Nein sagen.

Und zwar so, dass der andere Mensch mitbekommt, dass das ausgesprochene Nein nicht gegen ihn gerichtet ist. Am Wort Nein haben wir Menschen viele Ablehnungen geparkt, das Versagen, das Nichtgeliebtsein, unsere Missbräuche und Prostitutionen, unser miteinander Leiden und, und, und.

Das Nein im Leben anwenden ist für die Person, die es ausspricht und für die Person, die es empfängt, immer eine Herausforderung in der Schulung der Achtsamkeit. Das Ja-Sagen in der Sprache der Wahrnehmung ist genauso eine elementare Übung, denn mit dem Ja-Sagen meint es nicht das ja ja ja, gut dann, oder so, sondern die Klarheit, die Annahme zum eigenen Lebensrhythmus.

Lieben = die Wahrnehmung sprechen. Die Sprache der Wahrnehmung im Alltag leben, in ihr bewegt sein, ist, das Leben in der Liebe leben.

Das Erkennen

Die vielen großen und kleinen Erkenntnisse, sie sind die Blüten der Liebe. Durch sie erkennen wir, dass wir in der Liebe wirklich im Paradies leben. Das Erkennen lehrt diese Sicht, den wertfreien Blick.

Das Erkennen ist nicht gleich Verstehen. Das Verstehen wohnt in der Welt des Denkens und ist die Bewegung vom Verstand. Das Erkennen wohnt in der Entspannung der Annahme. In ihrem Blick erleben wir das IM MOMENT SEIN.

In der Kommunikation mit den Menschen mache ich immer wieder die Erfahrung, dass ein Mensch plötzlich aufspringt und mir freudestrahlend mitteilt: Jetzt habe ich endlich verstanden, was du mir gesagt hast. Jetzt habe ich dich endlich mitbekommen. Und der Mensch meint: Jetzt habe ich es erkannt. Eine Blüte hat sich geöffnet.

Ich spreche aus dem Reich meiner Erkenntnisse zu meinen Mitmenschen. Ich teile mich ihnen aus dem Standpunkt der Liebe mit, doch erst durch ihre eigenen Erkenntnisse wissen sie, sind sie sich ihrer Verbindung zur Liebe bewusst.

Die Erkenntnisse sind klar und frei vom Zweifel. Sie sind wertfrei. In ihrer Betrachtung sind die Ereignisse weder gut noch schlecht. Sie sind immer das, was sie sind. Die Erkenntnisse zeigen uns die Schönheit der Liebe.

In der Liebe erfahren wir Menschen Gesättigtsein. Sind wir bewusst in der Liebe, schläft die Wunde in der Dualitätshöhle. Die Drohungen und die Befürchtungen schlafen mit, und der Blick auf den anderen hat keine Energie mehr.

Im Miteinander kommunizieren die Menschen aus ihrer Wahrnehmung: IN MIR ist ...

Das Erkennen. Das ist mehr als wir erahnen.

Ich habe erkannt, dass alle meine Beziehungen, die in diesem Leben mit meiner leiblichen Mutter und meinem leiblichen Vater begonnen haben, mir dienten. Sie alle haben mich, dadurch dass ich meiner Wahrnehmung gefolgt bin, in das IM MOMENT SEIN hineingeführt.

Jeder Mensch hat sein Lebensspiel und jedes Lebensspiel ist das, was es ist: Ein Spiel der Liebe.

Ich sitze jetzt auf dem Treppenstein am Hauseingang eines Hauses in Sant Elm auf Mallorca. Ich schreibe diese Worte.

Die Sonne scheint.
Der Himmel ist wolkenfrei
und das Meer glitzert in der Mittagssonne.
Der Wind ist angenehm weich,
und das Meeresrauschen
ist mit dabei.

Ich schmunzele und fühle, ja Carola, so ist es jetzt.

Inhaltsverzeichnis

Ich freue mich sehr, dass ich dazu beitragen konnte, dieses Büchlein in die Welt zu bringen.

Carola Bancken bietet in Gruppen, im Einzelgespräch und am Telefon persönliche Begleitung an. Wenn Sie Interesse haben, rufen Sie mich einfach an oder schauen Sie ins Internet: www.aktivraum.de

Rolf Zavelberg